読んでください

～癒しの空間・情景～

田尻　智幸 *Tomoyuki Tajiri*

文芸社

読んでください●目次

第一部　短編集

第二部　日常からのエッセー集

第一部　短編集

麻美

「今日の仕事うまくいったな。一杯いくか？」

「いいですね」

「じゃおれの行きつけの店でどうだ。その店には小林麻美にそっくりな美人がいてな。なぜか俺に愛想がいいんだ。ひょっとして俺に気があるかもしれないぜ。どうだ、行ってみるか？　まあ、とにかく一目見る価値はあると思うが」

「いいですね」

上司と部下は肩を並べて歩き出した。

「このビルだ。あれ、改装中か？　この四階なんだが。このエレベーター、貧弱だけれどちゃんと動くのかね？　まあいいか、店は営業していると思うから」

「こんちは」

「いらっしゃい。あれ久しぶりじゃない。元気してた？」

「元気さ。ママも元気そうだね。相変わらず若々しくて」

「なに言ってるんだか。もう飲んできたの？」

「そんな浮気はしないよ。俺が飲むところはいつもここだけさ。今日は会社の後輩を連れてきたんだ、ひとつかわいがってよ」

「あら若くていい男、わたしの好みよ、ゆっくりしてらして。美男は安くしておくから」

「ところでママ、麻美ちゃんは？」

「もう麻美のこと。麻美だったら、もうすぐ来ると思うよ。なぜか、あなたにぞっこんだから。あなたの匂いを嗅ぎつけて飛んでくるんじゃない」

「またうまいこと言って」

そうこうするうちに入り口のドアが開いた。

「おはようございます。あら、いらしてたの、お久しぶりじゃない。どこで浮気してたの？　さみしかったわ」

「俺もだよ、麻美。今日はかわいがってあげるからね」

「先輩いい女ですね。私こんなにドキドキしたのは初めてです。私にも紹介してくださいよ」

「だ～め。これはオレの女だ。お前は見ているだけで楽しんでなさい、なんてね」

「ひどいな」

三時間がたった。

「だいぶ酔ったな。今日は麻美に会えてうれしかったよ」

「先輩、俺もです。こんな美人と飲めて」

「ちょっと、もう帰るようなこと言ってるじゃないの。もっとゆっくりしてらしてよ。だって、またいついらっしゃるか分からないじゃないの。麻美は寂しいの」

「まあ、そう言うなよ。明日、重要な会議があるんだ。今日はこれぐらいで勘弁してくれよ」

「じゃ次、いついらっしゃるの？　約束して」

「来週の金曜日だ」

「うれしい。じゃ指きり……」

「ママ、お愛想」

「もう帰るの。早いじゃん」

「また来週の金曜日に来るからさ」

「本当？　麻美は寂しがり屋なんだからね。約束破ったら泣いちゃうよ」

「大丈夫さ」

「じゃあ麻美、エレベーターの前までお送りして」

「はあい」

エレベーターがガタゴトと音を立てて昇ってきた。

「約束破ったら、もう口きかないからね」

「そんなに口とがらせなくても大丈夫だよ」

「本当？　うれしい」

「じゃあ」

エレベーターが閉まった。

カタカタカタとハイヒールを鳴らして麻美が戻ってきた。

「ママ、来週も来るって」

「お前も上手になったね。この不況のご時世、これからも頼りにしてるよ」

「簡単、簡単。あれぐらい単純な客は朝飯前よ。いつでも来いって感じ」

「ガックシ」

「先輩、何か聞こえちゃいましたが」

「俺はいつもこのように言われていたのか。悲しいね。そのへんにいるすけべなおじさんと一緒だね。自分に気がありそうだから、本気で愛人にしちゃおうなんて思ったりして。もう来るものか。ククク……」

「でも先輩、早くに分かって良かったじゃないですか。この改装中のエレベーターのおかげで、これからムダ金使わずに済んだんですから。この薄っぺらなベニヤ板のエレベーターのおかげで。ねえ先輩。気を落とさずに次に行きましょうよ、次の店、私の行きつけの店。そこには中山美穂似の美人がいてね、どうも私に気がありそうなんですよ。へへへ……」

「………」

一杯のコーヒー

「本日は我が社の忘年会ということで、みなさん大いに飲んで食べて日頃の疲れを一気に発散しましょう。まあ今日は仕事や役職を忘れ、無礼講で飲み明かしましょう」

「いいぞ専務、日本一」

あちらこちらで拍手が起きた。

「なお残念なお知らせなんですが、社長は急用のため欠席ということになってしまいました。伝言は『今年は不況のため恒例の社員旅行ができなかった旨をお詫びします。その分、今日は盛大に飲んでください』とのことです。以上あいさつは簡単にして乾杯といたしましょう。乾杯」

「乾杯」

グラスを片手に社員たちが話に花を咲かせている。

「先輩、社長が欠席だそうですね。どういうことですか？」

「本当だよな」

「我々毎日どれほど会社のために働いていると思っているんですか。忘年会ぐらい社員の日頃の慰労を兼ねて、一人一人に社長自らがお酌して回るってもんじゃないでしょうか」

「そうだよな。朝来て、その日いるのか、いないのか全く見当がつかない社長だからな。それに知らない間にいなくなっているもんな。何をやっているのか行動が摑めない。こんな時ぐらい社員と膝を交えてゆっくりと……」

「どれだけ日頃社員ががんばっているか、社長は分かっているんですかね」

「本当だよな……まあいいじゃないか。今日は仕事のことは忘れて盛大に飲もう」

「そうですね。そのための忘年会ですもんね。ハハハハ」

お開きの時刻が迫ってきたようだ。赤ら顔の社員が増えてきた。

「ずいぶん今日は飲んだな」

「今日は会社負担でタダだから、ここぞとばかりに飲んでしまいました。さあ次、行きましょう。次」

「いや、今日はいいや」

「え？　どうしたんですか？　先輩らしくないじゃないですか」

「もう大分飲んだし、まあ今日は社長もいないし拍子抜けだ。ひとこと言ってやりたかったのに残念だ……。帰ろう」

「分かりました」

二人は地下鉄の最寄りの駅に向かった。ちょうど、列車は出たばかりのようだ。

「しまった。次の電車が来るまでここで腰掛けよう」

「はい」


フー、フー、ハー、ハー、ほー。

フー、フー、ハー、ハー、ほー。

フー、フー、ハー、ハー、ほー。

「先輩、隣で座っているおっさん、変ですね」

「しー」

上司と部下は顔を見合わせた。

「なに飲んでいるんですか？」

小声で部下が尋ねる。

「ただの缶コーヒーじゃねえか？」

上司も小声で応えた。

「なんであんなに美味しそうに飲んでいるんですか？」

「知らねえよ。聞いてみてくれ」

フー、フー、ハー、ハー、ほー。

フー、フー、ハー、ハー、ほー。

「す、す、すみません」

「は？」

「あの、それ美味しそうですね」

「は？」

「あ、それ」

「ああ、これですか？　いや、これはそこの自販機で買った缶コーヒーですよ」

「ええそれは分かっているのですが」

「そんなに美味しく見えますか？」

「あ、はい」

「そうですか。美味しいですよ。私にはね」

「お宅には美味しいとは？」

「ハハハハ。最近これが楽しみで生きているというか、幸せ感じているというか」

「缶コーヒーにですか。私たちには酒の方がずっと幸せを感じますよ。ねえ、先輩。今日会社の忘年会だったんですよ」

「お酒を召し上がっているんですね。それはそれはよかったですね。私はしばらく飲んでいないから、もう酒の味も忘れちゃったかな。ハハハハ」

「それでコーヒーですか？　コーヒー好きなんですね」

「いや、もともとはそれ程ではないのですが、この時に飲むから美味しいのですよ」

「はあ？　それはまた？」

「朝から出ずっぱりで外を歩き回って疲れたというか。それでも今日は何とか商談が決まったので、うちの会社も後三ヶ月ぐらいは大丈夫かなと、ほっとしているんですよ。お恥ずかしいことですが、こうして飲む一杯のコーヒーに幸せを感じているのですよ」

「はあ、あのうちらと同じしがないサラリーマンですか？」

「うん……？　若干違うかも知れないなあ。サラリーは貰ってないので。逆に払っている方かな。ハハハハ」

「(大声で) 社長さんですか？」

「はあ。まあそれこそしがない中小企業の社長です。ハハハハ」

「そうは言っても、仕事がうまくいった時ぐらい酒を飲まないのですか？　今日は良かったなあみたいに」

「そうですね。確かにそうですよね。そういう時間がないわけではないのですが、ただそういう気持ちになかなかなれなくて……」

「え、どうしてですか？　仕事がうまくいったんですよね？」

「ええ、それはそうなんですが、ただこうしてお話している間にも社員が汗水たらして残業しているかと思えば、どうしてもね……」

「………」

「………」

上司と部下は黙りこくってしまった。

ようやく電車が入ってきた。二人はものも言わず地下鉄に乗り込んだ。

しばらくして部下が口を開いた。

「先輩。私たちはこうして酒が飲めるだけ幸せなのかも知れませんね」

「うん。そうかもな」

「社長のおかげかも知れないですね」

「そうだな」

「先輩、もしかしてうちの社長も毎日こうして一杯のコーヒーに……」

「そうかも知れないな……」

上司の言葉は地下鉄の轟音にかき消されていった。

ラジオ体操

ラジオ体操にしてはなんという気弱な掛け声なのだろう。

「1・2・3・4・5・6・7・8」

次の日の朝も聞こえてきた。

「1・2・3・4・5・6・7・8」

相変らず、か細い情けない掛け声だ。

「先輩、朝から元気のない声を聞くと、こっちまで元気がなくなりますね」

「そうだな」

「もう少しお隣の会社のラジオ体操も周りの会社を元気にするような、そんな大声でやってほしいですね。うわさによるとお隣の会社景気悪そうだから、朝の体操ぐらい元気にやれよって感じですよね。こっちまで不景気になりそうだ」

「本当だな」

一週間後、様子は一変した。

「1・2・3・4……」

朝の澄み切った寒気を貫き、何キロも先まで届くような大きな掛け声が伝わってくる。

若手社員が通勤の途中、思わず足をとめた。隣の会社が——

「ど、どうしたんでしょうね先輩。一週間前と大違いじゃないですか？　先輩ちょっと見てくださいよ、男子社員と言わず、女子社員もこの寒いのに腕をまくってやってますよ」

「うん、そうだよ」

「うんそうだよって、驚かないのですか？」

「どうして」

「どうしてって」

「お前ちゃんと今日の朝刊読んできたか？」

「え？」

「一面見たか？」

「いいえ」

「しょうがねえな。お隣の会社景気が悪くて、これから三年間で大規模なリストラをやるそうだ」

「で？」

「でって。だから社員皆がリストラのふるいにかけられることになったんだ。だから体操一つにしてもやる気をアピールするためにがんばっているんだよ」

「えーそうだったんですか。切《せつ》ねー」

「そう大きな声出すなよ。いずれうちの会社も……。明日は我が身かもしれないな」

「えー」

部下は突然走り出した。

「先輩、早く行かないと遅刻しますよ」

「どうしたんだよ。いつもは平気で遅刻しているくせに……」

辞めると決めたら

「失礼します」

社長室のドアを閉めると重苦しい沈黙が田村と部下の荒井を支配した。

「先輩、もう我々もこの辺で潮時じゃないですか？　もう我慢の限界ですよ」

「そうだよな」

「これだけ会社のために働いてきたのに、今にも辞めろと言っているような感じですよね」

「そうだよな」

「去年フィリピンから五年ぶりにやっと帰ってきたのに、たった一年日本にいて、もうカンボジアに行けですか。またその言い草がいいじゃないですか『君たちは全世界にまたがって期待されているんだ』だって」

「ほんとだな。俺なんか声も出ない」

「…………」

しばし沈黙が続いた。

「もう辞めましょう」

「辞めるか。だけど辞めてどうする？」

「決まっているじゃないですか、新しい職を見つけるんですよ」

「いつから」

「明日からでも」

「それもまた急だな。俺には家族もいるし、ちょっと考えさせてくれ」

「もう、歯がゆいなあ」

次の日、さっそく荒井が尋ねた。

「先輩、きのう奥さんと相談しましたか？」

「いや」

「（強い口調で）なんでですか？」

「話す勇気がなかったんだ」

「情けない。で、どうするんですか？」

「俺なりに考えたんだけど、カンボジア行きはまだ三ヶ月先。だからその間に別の仕事を見つけてから家族に話そうかと……。心配かけたくないからな」

「ククク、涙が出そう。分かりました。もうそれ以上は聞きません」

「お前はお前のやり方で動いていいぞ」

「分かりました」

次の朝。

「おはようございます」

田村はひときわ大きな声であいさつをした。

「おはようございます」

女子社員たちは声をひそめて噂話に花を咲かせている。

「なんか張り切ってますね?」

「噂によると四月にはカンボジア赴任らしいですよ」

「それなのになぜ?」

「暖かいところが好きなんじゃないの」

「それだけ?　ハハハハ」

ピンポンパンポン。始業を告げるチャイムが鳴った。

今日ものんびりと荒井が遅刻してきた。

女子社員たちは小声で〝井戸端会議〟だ。

「ぜんぜんやる気ないですね」

「あの若さなのにカンボジアですもんね。もう二、三年は出会いはないでしょうね。かわいそうに……」

「本当にね」


しかし、田村は意気軒昂のようだった。

「はい、至宝商事です。いつもお世話になっております。……今後ともよろしくお願いします」

ふたたび女子社員たちは小声で噂しあう。

「本当に張り切っているね」

「ねえもしかしたら、なんとかこのまま本社に残れるように、もがいているんでしょうか？」

「みじめ」

「でも、かわいそう」

「ねえ、ちょっと見てよ、荒井君。ぐうぐう居眠りしてるよ」

「しかも机の上には転職本だわ。よくやるね。辞めるつもりなんだ。それとも辞めてくれるのを待っている人がそっと机に置いたのかしら。ハハハハ」

「二人は対照的ね」


こうして一週間がたった。

リンリンリンリンリン。田村の机の電話が鳴った。

「はい、田村です」

「いつもお世話になっています。○○商事の荒井です」

「ああ、こちらこそお世話になっています。少々お待ちくださいね」

「ああ、もしもし」

「先輩、荒井です」

「おう、どうした？」

「どうしたって、こちらが聞きたい台詞《せりふ》ですよ」

「何が？」

「何がって、先輩には会社辞める気あるんですか？」

「え、どうして？」

「だって辞めると二人で決めてから、えらい張り切って仕事しているじゃないですか？」

「おかしいか？」

「おかしいですよ。だって、もう今の会社なんて、どうでもいいんでしょ？」

「そうだよな。もうどうでもいいんだもんな」

「それなのになぜ？」

「分からない」

「本当に辞めるんですか」

「辞めるよ。今もこうして転職本見てたし」

「………」

「なぜか二十年もいると、情が移るというのかなあ。なんだかなあ、切ないよ」

「じゃ辞めなければいいじゃないですか？」

「そうもいかん。少なからず今回の人事はおかしい。自己都合の退職を促しているようにしか思えない。そしてその対象に自分が入れられたことは、俺自身のプライドが許さないんだ。他人の評価はともかく、俺はこの会社のために精一杯やってきた。時には家族を犠牲にしてまでな。だから今度は自分を正当に評価してくれる職場で働きたいんだ。そんな会社なんか実際にはなかなかないかも知れないが」

こうして一ヶ月が過ぎた。

リーン・リーン。今日は電話がよく鳴る日だ。また電話が鳴った。

「はい、田村です」

「先輩、荒井です」

「おお、どうした。今はハワイか？　ずいぶん年休取って休んでいたそうじゃないか」

「はは、確かにそうですが、ただ休暇の半分で就職活動もしてました」

「お前も徹底してるなぁ」

「ええ、全然こんな会社に未練がないので……。それはいいのですが先輩、実は良いところを見つけちゃったんです」

「いいところって？」

「転職先ですよ」

「それは良かったじゃないか。おめでとう」

「いいえ、まだ試験を受ける段階なんですよ。そこでお誘いなんですが、先輩も一緒に受けませんか？」

「え？」

「私なんかは独り身でいいけど、先輩は奥さんがいて、しかも二人の子持ちでしょ。かわいそうになっちゃって」

「そんなことは気にするな。これは俺自身の問題なんだ」

「まあ、それはいいですが、とにかく私の話を聞いてください。その会社は……」

荒井は再び田村を促した。

「どうです」

「うん……」

「受けましょうよ」

しばらくして田村は決断を下した。

「せっかくお前がそこまで言うのだからな……」

「そうじゃなくっちゃ先輩。じゃ先輩、当日お会いしましょう」

ガシャ。荒井は電話を切った。

「おいおい……。しかし転勤が都内だけというのはいいなあ。それだけでも俺にとっては魅力だな。いままで転居等で家族にどれだけ大変な苦労をかけてきたことか。それはサラリーマンである以上しかたがないと思っていたが、しかしそれをしないでいられるのなら……」


一週間後、田村は面接試験を受けた。

「次の方お入りください」

「失礼します」

「田村さんですか？」

「はい田村です。よろしくお願いします」

「こちらこそ。早速ですが、前の面接者の荒井さんとは同じ会社なんですね」

「はい、そうです」

「そちらの会社は大規模なリストラでもやるのですか?」

「景気が悪いのは確かですが、まだそこまでの話は……」

「そうですか。ええ、それはいいのですが、すみません。ではまず本日、当社の面接においでいただいた理由からお話いただけますでしょうか」


しばし両者の面談がすすんだ。

「わかりました。では、またこちらから追ってご連絡申しあげます」

「どうぞ、よろしくお願い致します」


次の日の朝、予期せぬ一本の電話が入った。

「はい、至宝商事です」

「恐れ入ります。私、そちらの社長さんの大学時代の友人で、信用商事の中村と申します。社長さん、いらっしゃいますか?」

「信用商事の中村様ですね。いつもお世話様です。お取り次ぎいたしますので、しばらくお待ちください」

「替わりました。おお、どうした？　久しぶりじゃないか。えっとそれでも一年ぶりか。ハハハハ」

「あのゴルフ以来か」

「そうそう。あの時はやられたな。今度は借りを返すからな。リターンマッチだ。道具と首を洗って待ってろよ。ハハハハ」

「楽しみだな。ハハハハ」

ややあって中村はおもむろに切り出した。

「ところでだ。そちらの景気はどうだい」

「う～ん。正直言って厳しい」

「リストラに踏み切らざるを得ないのか？」

「いや、まだそこまでは至っていないが、人材の適材適所の配置でなんとか乗り切っている感じかな」

「そうか」

「しかし、なぜそんなことを聞く？　なんかうちの会社が世間でいろいろ言われているのか？」

「いや、そうではないのだが……。実は本当のことを言うと、近々うちの会社は都内にもう一店舗オープンすることになり、今そのために人材を集めている最中だ。そこでだ、先日公募の面接試験を行ったところ、そちらの社員の方がみえてな……」

「え？　……誰だ」

「ええ、まあ……その前に事情を説明させてくれ。仮にお前に黙って引き抜いても、いずれ分かることだし。いや実は、その人間の様子をこそっと教えてほしいという用件もあってな。というのは採用枠があと一人なもんで……」

「そうか、しょうがねえな。それで誰だ」

「荒井さんと」

「うん」

「田村さんだ」

「えー」

大きな声が社長から思わずもれた。

「どうした？」

「田村が。とてもそうには見えなかったが」

「そうか」

「毎日そして今日も今も、うちの会社のために張り切ってやっているぞ。荒井の方は予測できたが」

「それは？」

「荒井にはこの四月に異動の内示をした。その次の日からまったくのやる気なし。社員も転職の噂をしていたからな。田村はなぜだ、理由は？」

「転勤のこととかな……」

「う～ん。確かに彼には数多く転勤してもらった。だから時には転居も伴うことも何度かあった。しかも外国赴任も長かった。しかし、それは彼の対外折衝の能力を高く買っていたからだ。もちろん家族を思う彼の気持ちも分かるが、わが社では市場を外国に求めて積極的に海外へ進出しようとしているからな。それに彼は内勤より外向きだ。先刻も言ったように適材適所は会社の方針だからな。う～ん。まあ彼の気持ちがそうなら惜しいが、しかたないか」

中村は最も疑問に思っていることを口に出した。

「ひとつ不思議なのだが、彼の面接での印象は是非うちに来たい、もうなにも迷いがないといった感じだった。そういう強い決心をわざと周囲に悟られないように振舞っていたのか？　かたや、もう一人の人間は露骨に辞める雰囲気を振り撒いていたんだろ？」

「いや、田村はそうではないだろう。それは彼の性格だろう。仕事をきちんと最後までやりたいとか、利害は別として、昔から義理や人情を大切にしようという性分だからな」

「それで外まわり向きか。やはり営業は最後は信用がものをいう世界だ。利害関係だけではない部分で勝負だからな。古いようだけれど、こういうご時世だから、かえってそういう人間が貴重がられるかもしれない」

「荒井にもそういう点を学んでほしいと思い、いつも彼といっしょに仕事をさせていたのだが……」


その夜、田村の自宅の電話が鳴った。

「はい、もしもし」

「田村さんのお宅ですか？」

「はい」

「こちら信用商事と申しますが、ご主人様はご帰宅でしょうか？」

今のままで……

「畜生やってられるかよ。俺は何年この職場に勤めていると思っているんだ。もう常務理事とは言わないが、少なくとも事務局長というもんだろう。なのに今回の人事はなんだ。また天下りかよ。いつも頭打ちだ。一生懸命こつこつ働いている俺たちはなんなんだ。この業界の仕事を何も知らない国のお役人が突然来て、事務局長という職務が勤まると思っているのか。なあ」

「まあ、先輩しょうがないじゃないですか。ここは国の外郭団体なのですから。国があってこそのわが職場。国のお役人がいてこその我々。腹が立つのも分かりますが、今に始まったことでは……」

「今までは半ばひとごとだと思っていたんだ。だが今度は違う。なぜならば、順番でいっても今回は俺が事務局長なんだ」

「それは分かりますが……」

「俺も若い頃もっと勉強して公務員にでもなるべきだった。しかも国家上級。まさにキャリアだ。ああ畜生、頭にきた。おい今日はとことん飲みに行くぞ。やってられるか、まったく」

「またですか、先輩。なんか飲みに行くといいことないような気がするんですが」

「なんだと？」

「あ、いや。荒れている時はいいことないような気がすると言っているんです。ああ、それによく考えたら先輩、車通勤じゃないですか。いいんですか？」

「車は置いてく」

「車置いていったら明日どうやって職場に来るんですか？　いくら土地が安いからってあんな山奥に家建てて……」

「うるせえ。つべこべ言うな。とにかく行くぞ。今日は飲まないといられねえんだ」

「はい、はい」

二人は酒場でグラスを重ねていた。もう三時間ほど飲んでいる。

「なあ、こんなバカな話あるか。俺は三十年もここで働いているんだ。経験といい実力といい、だれが見てもこの職場のトップだ。なのになんだ。まったくこの業界のことを知らねえ若僧がひょっと来て俺の上司か。分かるか、この気持ち」

「分かりますよ。くどいなあ、もう。だけど先輩何回も言うけれど、しょうがないじゃないですか。そういう世の中なんですから」

「また言うが、俺も公務員になっていれば良かった。しかし俺が就職する時は、世の中は未曾有の好景気で、その頃は公務員になるやつなど少なかったんだ。なんでわざわざ安月給の公務員なんかになんて言われてな。そこで俺は大手の民間企業に就職したんだ。それが五年後にはバブル崩壊で倒産し、そして流れついて今の職場にいるというわけだ。皮肉なことだぜ、まったく」

「元気出してくださいよ。気持ちは分かりますが。なんか自分の将来見ているようで、こっちまで辛くなりますよ……」

「なんだと？」

「あ、いや、なんでもありません」

夜も更けてきた。そろそろ酒場も店じまいのようだ。

「おい起きろ。そろそろ帰るぞ」

「うん？」

「起きろ」

「あ、はい」

「お前、よく寝てたな」

「そうですか？　なんか子守歌のように横でぶちぶちと同じことをつぶやいているから……」

「それよりお前が寝ている間に良いこと考えついたんだ」

「え、なんですか？」

「それはな。俺は会社の外では公務員で通すことにしたんだ」

「何を言っているんですか」

「かっこいいじゃないか。俺はキャリアだ。超エリートだ。日本を背負っているんだ。どうだ」

「そんなの、すぐにバレますよ」

「バレるわけないだろう。だってうちの職場には実際に国からの天下りや出向がいるんだから。ハハハハハ」

「まあ、そうですが」

「ママ。ママには悪かったが、実は俺はキャリアなんだ。今まで言わなくてごめんな。だからいつ本省に帰るか分からないんだ。そうなったら忙しくて、なかなか来れなくなる。寂しくなるなあ」

「え本当？　そうだったの」

ママは心底、驚いたようだった。

「先輩もうその辺でやめておいた方が……」

「まあ今日は悪かったな。付き合ってもらってありがとう」

「なんだか分からないけれど、少しは気がすみましたか？」

「ぜんぜん」

「なんなんですか。いったい」

「さあ帰ろう。じゃあな」

「ひどいよな」

ひとり車に乗り込んだ。

キキキキ。

「なんでエンジンがかからねえんだ？」

キキキキ。

ようやく動きはじめた。

「うん？　ああエンジン、さっき自分ですでにかけてたのか？　だいぶ酔ってるな。フー。まあいいや。よし俺は今日から外では公務員、キャリア様だ。明日もう一つ名刺作ってみるか。へへへ」

もう三十分ほど走っただろうか。

ピッピー。警笛が聞こえる。

「なんだ？」

警官が合図をおくる。

「こっちに寄ってください」

「おやっ。検問かよ。やべ。なんでこんな山奥でやってるんだ。いつもやっていたことないのに。いやなことがつづくとはこういうもんだ」

コンコン。警官がフロントガラスを軽く叩いた。

仕方なく窓をあけた。

「こんばんは。春の交通安全週間です。ご協力ください。免許証を見せてくだ……わぁ臭い。これはひどいですね。さあさあ、まず車から降りて。こっちへ来てください」

「あ、はい」

「椅子に掛けられますか？　すごいですね。なんでこんなに飲んで運転したんですか？」

「まあいろいろあって……」

「いかなる理由があろうと飲酒運転は違法です。まず、こちらに名前と住所と勤務先を記入してください」

「はいはい。えぇーと勤務先と。思い出したくもねえが、財団法人日本〇〇」

「待ってください。これは国の外郭団体じゃないですか？」

「あ、はい」

「もしかして、あなたは公務員ですか？」

警官の口調が一変した。

「いえ違います。違います。公務員じゃありません。あら？」

「本当ですか？」

「本当です。あら？」

「そうですか。それは良かったですね。いや良かったとは言いませんが、公務員だったら懲戒免職ですよ」

「そうですか、へー。それは知らなかった。国のお役人て大変なんですね。そんな息の詰まるものだったんだ。それを我慢できるんだから出世するのは当り前か。そう考えると、ちゃらんぽらんな俺には今のままで……。ハハハハ。なあ、おい。……あら？　ああ、さっきあいつは帰ったんだっけ」

退職したら……

「感謝状。貴殿は長年にわたり当社の発展に多大に寄与され、その功績は抜群のものがあります。よって規定により、ここに貴殿の栄誉を顕彰するものです。平成〇〇年〇月〇日、〇〇会社社長〇〇〇〇。ありがとう」

パチパチパチパチと拍手が盛大に起こった。

「ありがとうございます」

「君には世話になった。こんな良き人材を失うとは当社も先が不安である。退職してからも時々立ち寄って、我が社の行く末を見守ってくれないか」

「社長にそのようなお言葉をいただき、しかもこんなりっぱな感謝状なるものを……。身に余る光栄です。クククククク」

貰い泣きの輪が他の役員にも広がった。

ピンポンパンポン。しばらくして社内放送があった。

「これより、本日で退職する木村部長をお送りいたします。社員の皆様は玄関のロビーにお集まりください」

ロビーに三三五五、社員が集合し始めた。

「それでは社員を代表してミス秘書課の〇〇さんから花束贈呈です」

「きゃ部長。うらやましい」と男性社員から声が飛んだ。

ハハハハハハという笑い声とともに、パチパチパチパチと拍手が湧いた。

「木村部長さん。いつも優しくしていただき、ありがとうございました。こんな部長さんが明日からいなくなるなんて（涙声に）……」

もらい泣きする社員がここでも現われた。

「〇〇ちゃんはじめ、皆さんお世話になりました。最後の最後までこんなにしてもらえるなんて……。社長はじめ皆様におかれましても、これからも充分に健康にご留意され、ますますのご活躍を祈念申し上げます。皆さんお元気で」

パーンパーン。クラッカーが鳴りひびく。

再びパチパチパチと拍手が湧いた。

一人一人に木村部長は握手して回った。

「世話になったね。これからもがんばれよ」

「いろいろありがとうございました」

「健康に気をつけてね」

「またお立ち寄りください」

いよいよお別れの時がきた。

社用車の後部座席から木村部長は手を振る。

それに応えて社員も手を振る。

後部座席のドアが閉まり、車は走り出した。

「さあ、仕事仕事」

ある男性社員はさっそく気持ちの切り替えをしている。

「ふん。こんな忙しい時に」

とある女性社員は思わず不満をもらした。


一週間がたったある日、木村の自宅に一本の電話がかかってきた。

「〇〇会社総務課の〇〇と申します。あっ、奥様ですか？　その節はいろいろお世話になりました。ご主人様はご在宅ですか？」

「あ、今はちょっと外出しておりますが」

「あ、そうですか。それではおことづけ願えますすか」

「あ、はい。どうぞ」

「実はご主人様にお支払いする退職金の書類に、先日のことですが、ご主人様の印鑑をいただくのを忘れまして。もちろんこちらのミスなのですが、もしこちらにお出でいただく機会がありましたら、印鑑をご持参いただけないかと……」

「あ、そうですか。では主人に伝えておきます」

「よろしくお願いします」

その夜、妻は夫にことづけを伝えた。

「なにっ。印鑑持って来いって。だって会社のミスじゃないのか？」

「ええ。そのようにはおっしゃっていましたが」

「だったら、こちらに印鑑を貰いに来るのが筋というものじゃないのか」

「はあ、まあそうでしょうね」

しばらくして木村は気をとり直した。

「まあ自分の退職金だし、しかも高額だからここは自重しよう」

三日後、木村は会社を訪れた。

「よっ、元気か」

「あら、部長さん。いや元部長さん」

「変わりないか」

「ええまあ。あ、ちょっとすみません。それでは」

「……？」

みんな不思議に顔をそむけて通り過ぎる。

「よっ」

「あ、どうも」

「……？　どうしたんだろう」

しばらくして元の上司が顔を見せた。

「常務さん」

「お、木村くん。どうしたんだね今日は？」

「ええ、総務の手続きに、ちょっと参りました」

「おう、そうか。まあ役員室でお茶でも飲んでいきたまえ」

「はい、ありがとうございます」


「その後どうかね？」

「皆様には申し訳ないのですが、毎日が日曜日で」

「そうだろう。暇を持て余しているんだろうな」

「ええ。なんかぽつんと心に穴が空いたみたいで……」

「ハハハ、そうか。ゴルフはやらんのか？」

「はい、ぼちぼち始めようかと」

「そうか。是非、今度は私と回ろう」

「ええ是非。足手まといにならないようにがんばります」

「ハハハハハハ。楽しみだ」

「そうですね。ハハハハ」

しばらく歓談が続いたのち、木村は思いきって尋ねてみた。

「ところで常務、つかぬことをお聞きしていいですか？」

「うん？　何だ？」

「会社に何かあったのですか？」

「え？　特に以前と変わらず平々凡々だよ」

「そうですか？」

「何か？」

「ええ、社員の態度が何か変わりましたね」

「そうか？　どのように？」

「愛想がないといいましょうか」

「それは遺憾だな。毎日見ているから気づかなかったが、それでは私も気に留めて置く」

「すみません余計なことを申し上げて……」

しばらくして木村は旧知の社員に声をかけてみた。

「〇〇ちゃん」

「あ、部長さん。ああ、すみません。先日の件ですね。あ、はいはい」

周りは静まりかえっている。

「おい木村部長だぜ」

とささやく男性社員がいる。

「何しに来たんでしょう」

小声で訊く女性社員もいた。

「え、どうしたんですか?」

新入社員は事情が分かっていないようだった。

「ではここに印鑑をください」

「ここかね?」

「はい。ありがとうございました。退職金はご指定の口座に一週間後に入金いたします。それでは以上ですべて手続きは終わりです。ありがとうございました」

「……?」

木村は課内を見渡したが、全ての社員が素知らぬ顔をする。

「先輩。何かみんな冷たいですね?」思わず新入社員が口に出した。

「そうか、お前にもそのぐらいは分かるか」

先輩と呼ばれた社員は正直に答えた。

「ひどいな。でもどうしてですか?」

「聞きたいか？」

「はい、よろしければ」

「それはな。あの部長にどれだけ部下が苦しめられたことか。あの部長は常に上と外ばかり見ていたんだ。自分の出世のために長年部下を使い、利用していたのさ。部下の気持ちなど、いつも二の次だったからな」

「そうだったんですか」

「当たり前のことだが、上を見ている人間は上には受けがよく出世するが、下には受けが悪い。しかし逆に下に気遣う人間は上に受けが悪く、出世しない。学閥から外れていた部長があそこまで出世した陰で、どれほどの部下が泣かされたことか」

「はあ」

「退職した後に、日頃からの思いがその人に降りかかるんだ。もう利害関係はないからな。しかし、俺はあんなふうには……」

「はあ」

「お前はどちらの生き方を選ぶか分からないが、俺は少なくともお前からは退職してからも笑顔で迎えてもらえるような、そんな人柄でいたい」

「……ありがとうございます」

君は本当によくやった

ひが～し貴の海、貴の海
に～し武蔵山、武蔵山
会場は割れんばかりの拍手だ。

「よっ、横綱、貴の海。日本一」

貴の海が足を引きずり引きずり土俵の上へ姿を現わした。

おびただしい懸賞がかかる。

「いよいよですね。土風親方」

「そうですね。しかし大丈夫ですかね、貴の海は」

「昨日の一番で右のふくらはぎを大分痛めましたからね。なんと花道から弟子に抱えられて土俵まで来た模様です」

実況中継のアナウンサーは興奮気味に言葉を継いだ。

「前代未聞のことです。横綱同士がぶつかる今日の一番が大事に至らなければいいですがね。おっと膝が曲がらず立ち会いができません。顔が歪んでいます」

「綱を張るというのは、切ないことですな」

と土風親方も固唾《かたず》を呑んで成り行きを見守っている。

しばらくして行司が待ったなしを告げた。

「制限時間いっぱいになりました」

「いよいよですな。どんなことになるでしょうか?」

「ハッケヨーイ、ノコッタ、ノコッタ」

行司の声が館内にひびく。

アナウンサーの実況中継にも力が籠る。

「貴の海、つっぱっています。つっぱっています。頑張っています。がしかし、土俵際に少しずつ追いつめられていきます。おっと、徳俵《とくだわら》に足がかかった。もうダメか。おっと、いきなり武蔵山は引きました。貴の海、つんのめるか? おっと残した。貴の海の足は大丈夫か? 顔が歪んでいる。おっと、また徐々に土俵際に追いつめられていきます。がまた、武蔵山が貴の海を引いた。しかし貴の海、残した。なんとすばらしい力の入る取り組みでしょうか。おっと、また武蔵山が前へ出た。おっと、貴の海、右に変わり武蔵山が前へ出る勢いを利用して、すかさず下手投げだ。決まった。貴の海、豪快に武蔵山を投げ飛ばしました。奇跡です」

館内は割れんばかりの拍手の渦だ。座布団が飛び交っている。館内全体が今にも破裂しそうだ。

「しかし、貴の海は大丈夫か？　土俵上で起きあがれません。慌てて弟子が抱えに来ました」

「しかし貴の海はよく頑張りましたね。さすが横綱です」

しばらくして勝ち名乗りを受ける貴の海の目には涙が浮かんでいる。そして弟子たちに抱えられながらゆっくり花道を引き上げる貴の海。感激した観客から背中をしきりに叩かれている。

やがてお決まりのインタビューが始まった。

「おめでとうございます」

「あ、ありがとうござ……」

「もうこのへんにしておきましょう。よろしいですか？　中継席」

「はい。声も出せないみたいですね」

「しかし、よくがんばりましたね。武蔵山の引きにも何回も残しましたしね」

しばらくして授賞式が始まった。

♬君が代は、千代に八千代にさざれ……♬

「国歌斉唱の後は賜杯の授与です。おっと今回は大泉総理大臣自らの授与です」

「さすが総理。パフォーマンスが得意です。参議院選挙も近いからでしょうか？」

「横綱貴の海関、君の栄誉を称え、天皇杯を授与する。……平成〇年〇月〇日……内閣総理大臣大泉純二郎。君は良くやった」

再び場内は割れんばかりの拍手に満たされた。興奮した客が投げたのだろうか、座布団が飛んでいる。

「おっと座布団が総理に、危ない……。なんと総理は当たっても動じない。すごい、すごい。これで日本は大丈夫だ。すご過ぎる」

バンザーイ。バンザーイ。総理バンザーイの声もあがった。

「いや、こんな感動的な優勝は見たことありませんね。よくがんばりました。史上に残る名勝負でした。しかし総理の声も高らかでしたね。国会でも同じぐらいの声を出してもらいたいですね。マイクが壊れるかと思いました。ねえ土風親方」

「ハハハ、そうですね。気持ちは分かりますね。貴の海はしかし大事に至らなければいいのですが……」

「親方はさっきからそればかりじゃないですか。少しは喜んで感動してくださいよ。あの姿で優勝したんですから……」

「まあ、それはそうなんですが」

「放送席。敗れた武蔵山のコメントをお届けします。

記者からの『やりづらかったですか？　貴の海には万全な体調で土俵にあがってほしかったですか？』という問いに、わずかにうなずいて、言葉少なに仕度部屋を後にしたそうです」

「そうですか。武蔵山の気持ちも分かりますね」

「いやそうでしょう。故障と分かっている相手に全力で当たるのも、もう一方の横綱である武蔵山の品位を落としかねませんからね。これも切ないところです」

こうして日本中が貴の海の優勝に沸きかえった。次の日の朝刊には「これぞ横綱。史上最高の横綱」、さらには「痛いとも苦しいとも言わず立ち向かっていったその姿は日本の美の象徴」とまで書かれてあった。こうしてあらゆるテレビ番組で優勝したシーンが取り上げられる日々が続いた。


次の場所が近づいたある日の朝刊にこんな記事が載った。

「横綱貴の海、今場所休場も。足が完治していない模様」

そして、やはり貴の海は休場を余儀なくされた。

「土風親方。今場所は寂しいことになりましたね」

「そうですね。横綱貴の海が休場ですからね。やはりかなり先場所のダメージがあったんでしょうね。ゆっくり休んでまず体を完治させてほしいですね」

「その分、もう一人の横綱の武蔵山に頑張ってもらって今場所をぐっと引き締めてほしいところですね」

「まさにそのとおりです。期待したいですね」

初日、八日目と過ぎ、ついに千秋楽を迎えた。

「決まった。武蔵山の上手投げ。武蔵山全勝優勝です」

「がんばりましたね武蔵山。貴の海の穴をしっかり埋め、土俵を守ってくれました。おめ文芸社の本をお買い求めいただき誠にありがとうございます。
この愛読者カードは今後の小社出版の企画およびイベント等の資料として役立たせていただきます。

本書についてのご意見、ご感想をお聞かせください。 ① 内容について
② カバー、タイトルについて
今後、とりあげてほしいテーマを掲げてください。
最近読んでおもしろかった本と、その理由をお聞かせください。
ご自分の研究成果やお考えを出版してみたいというお気持ちはありますか。 ある　ない　内容・テーマ（　　　）
「ある」場合、小社から出版のご案内を希望されますか。 する　しない

ご協力ありがとうございました。

〈ブックサービスのご案内〉

小社書籍の直接販売を料金着払いの宅急便サービスにて承っております。ご購入希望がございましたら下の欄に書名と冊数をお書きの上ご返送ください。　（送料１回210円）

ご注文書名	冊数	ご注文書名	冊数
	冊		冊
	冊		冊

郵便はがき

恐縮ですが
切手を貼っ
てお出しく
ださい

160-0022

東京都新宿区
新宿1－10－1
(株) 文芸社
ご愛読者カード係行

書　名			
お買上 書店名	都道 府県　　市区 郡　　書店		
ふりがな お名前		大正 昭和 平成　年生　歳	
ふりがな ご住所	□□□-□□□□	性別 男・女	
お電話 番　号	(書籍ご注文の際に必要です)	ご職業	

お買い求めの動機
1. 書店店頭で見て　2. 小社の目録を見て　3. 人にすすめられて
4. 新聞広告、雑誌記事、書評を見て(新聞、雑誌名　　)

上の質問に1.と答えられた方の直接的な動機
1. タイトル　2. 著者　3. 目次　4. カバーデザイン　5. 帯　6. その他(　　)

ご購読新聞　　新聞	ご購読雑誌

でとう、ご苦労さまと言いたいですね」

「武蔵山！　武蔵山！」

観客席から大きな声援がおくられる。観客の多くが感動に酔い痴れているようだ。

武蔵山も泣いている。

「親方。二場所連続で感動的な場所になりましたね」

「そうですね。そして来場所は貴の海も戻ってきそうですからね。ますます楽しみですね……」

月日は巡り、また次の場所が近づいてきた。
そしてある日の朝刊に「貴の海また休場。二場所連続」の大見出しが躍った。
ノコッタ・ノコッタ・ノコッタ
「武蔵山、武蔵山」
行司の勝ち名乗りは連日、武蔵山の名が続いた。
座布団は飛ばない。再び武蔵山の全勝優勝で幕が閉じられた。

またある日の朝刊で、前場所と同じ内容のニュースが報じられた。

「貴の海またまた休場。三場所連続」

ノコッタ・ノコッタ・ノコッタ
「武蔵山、武蔵山」

またしても連日、行司は勝ち名乗りに武蔵山の名をあげた。

こうして三場所連続の、武蔵山の全勝優勝で幕が閉じられた。


「武蔵山、武蔵山」

観客全員かと思わせる大きなファンの声援が飛ぶ。もう貴の海のことなど観客は忘れているのだろうか。

「親方、親方。聞いてますか？」

「聞いてますよ」

「どう思われますか？」

「はい。何のことでしょうか」

「この状態ですよ」

「武蔵山の四場所連続の全勝優勝の可能性ですか？」

「ええ、それも含めてこの観客の反応、受けとり方です」

「武蔵山はがんばっていると思います。観客の声援はもうほぼ武蔵山一色ですね。正直と申しましょうか。本当に貴の海に早く土俵に戻ってきてほしいですね。あの勇姿を早く見せてもらわないと相撲界としても……」

ある日の新聞の読者投稿欄にこのような声が寄せられた。

〝もう貴の海は引退すべきだ。いつまでも未練がましく横綱の座や土俵にしがみつくな。どうせ今度土俵に上がってもこれだけのブランクがあるのだから、みじめな結果を招くだけだろう。それこそ横綱の品を落とすことになる〟

厳しいファンの目だ。ファンとは期待し応援しているがために、逆にそれが裏切られると、怒りが増長する存在なのかもしれない。

そしてまた次の場所が始まった。

「親方。また貴の海は休場ですが……」

「そうですね。寂しいことですな」

「見てください。騒いでいる客がいます。何と言っているのでしょうか？」

「貴の海はどうした。今何をしてるんだ。横綱は休んでも給料が貰えるのか。気楽な商売だ。俺はなけなしの給料をはたいてこの砂かぶりにやっと座っているんだ。武蔵山を見てみろ。お前が優雅に休んでいる間に土俵をしっかり守っているじゃないか。さあプライドがあるなら今からでも勇姿を見せてみろ」

観客は大きな声で不満を述べている。

「これはまた手厳しい」

「ほんとですな。しかしそれは応援しているからこそのうそ偽りのない心情だとも思いますよ。そういうファンを大切にするためにも、くどいようですが早く土俵に復帰してほしいものです。真のファンが愛想を尽かす前に」

場所が始まり、やがて千秋楽を迎えた。

ノコッタ・ノコッタ・ノコッタ

「武蔵山、武蔵山」

行司の軍配はまたしても武蔵山に上がった。

割れんばかりの万雷の拍手。座布団が乱れ飛ぶことはもうない。

「武蔵山五場所連続の全勝優勝です」

「そうですね。妙な話ですがいつもお決まりの結末で、逆に場所がだんだん盛り上がらなくなるのが心配ですな」と土風親方は感想を述べる。

しばらくして授賞式の準備が整った。

「国歌斉唱の後は賜杯の授与です。おっと今回は大泉総理大臣自らの授与です。ああそうでした。今回は目前に迫った衆議院議員選挙を睨んでのことでしょう。さすが総理、抜け目がない」

「横綱武蔵山関、君は……平成〇年〇月〇日……内閣総理大臣大泉純二郎。君は良くやった」

再び場内は割れんばかりの拍手に満ち満ちた。

満員の観客が感動している。なのになぜか武蔵山は不機嫌そうである。笑顔がない。何を思っているのだろうか？　テレビの画面からも、はっきり分かるほどだ……。どうしたというのか？

その時、武蔵山は心の中で叫んでいた。

「おっさん。おっさん、大泉のおっさんよ。一言足りねえじゃねえか。本当に良くやっただろう。本当にだ。なぜか分かるかい。あの一年前の千秋楽だ。あいつの涙の優勝を思い出してくれ。

前日の土俵で、貴の海の膝は骨折に近いダメージを受けていたはずだ。なのに千秋楽の土俵に上がった。四股《しこ》もまともに踏めねえのに、取り組みができると思うか。痛くとも痛いと言わないのが横綱の品格だの、日本の美意識だの、くだらない格式にこだわる相撲界。国技と呼ばれ、日本の象徴と崇められている相撲はこれでいいのだろうか。悪いがハワイ出身の俺にはだからそういうものが、はなはだ馬鹿らしく見える。他のスポーツ界だったら、まず後のことに配慮し、選手生命を考え、棄権させるだろう。四年に一回のオリンピックならまだしも、一年に六回も場所があるのに一度ぐらい優勝を逃してもいいじゃねえか。

そういう思いから俺は貴の海の今後を考え、簡単に勝負をつけてやろうと思った。しかし土俵に上がっているうちに俺は考えが変わったんだ。簡単には勝たない。あいつには悪いが、さらにダメージを与え、そういう格式がいかに馬鹿馬鹿しいかを思い知らせてやろうと。そしてさらに取り組み中に、またまた考えが変わった。俺はわざと負けて、観客および日本国民が大喜びをし、さらに一国の代表であるあんたの喜ぶ馬鹿顔を見たくなったんだ。

その結果はどうだ。俺の目論見どおり、あいつは次の場所から休場し、その間に俺は五回の全勝優勝だ。しかも客は皆、俺のファンになってしまった。あいつのことなど記憶の外だ。俺は腹がよじれるほどおかしい。そしてうれしい。やつが本来の調子で土俵に上がっていたら俺など一度も優勝できなかっただろう。おろかにもあいつが目先の優勝にこだわり軽挙に走ったからこの結果だ（いや周りがそうさせたのかもしれない）。

総理、大相撲だって興行であると同時にスポーツなんだ。選手生命あってのことなんだ。自己犠牲を払って殉死や切腹なんて、古《いにしえ》の愚かな日本の美はもうはやらないぜ。これで充分に分かっただろう。

だからおっさんよ、俺には『本当に良くやった』と言ってもらおうか」

本当に好き？

「ハハハハ」

「ハハハハハハ」

歓談にはずむ声が聞こえる。

「先生、お久しぶりです」

年ごろの女性が昔の担任教師にあいさつをした。

「ん？　うんと？」

「ひどいな。忘れちゃったんでしょう」

「えっと」

「いいです。足の太かった宮下です」

「ああ、あの」

「あのってどういう意味ですか？　これまたひどいなあ」

「いや悪かった。お前、本当に宮下か？　見違えるほど綺麗になって」

「なんか誉めているのか、けなしてるのか分からないなあ。まあいいや。それよりも先生、お元気ですか？　お変わりもなく」

「ありがとう。こうやって久しぶりにみんなの成長した姿を見ると歳を忘れて元気が出てくるよ」

「十年振りでしたっけ。こういう同窓会はたびたび開きたいものですね」

「そうだね」

「まあ先生、一献どうぞ」

「おお、ありがとう」

しばらく会話が続いたあと恩師はおもむろに話を切り出した。

「そろそろどうだ？」

「何でしょうか？」

「何がって。おまえも、もうそろそろいい歳なんだろう」

「え？」

「えって、誰かいい人でもいるのか？」

「何を言うのかと思ったら」

「それでどうなんだ?」

「ええ、まあ」

「そうか、それは良かった。そうだろうな、これだけ綺麗になったんだから、それは男の力によるものだろうな」

「そうかなあ?」

「それでどこの人だ。もう将来のことも話し合っているのか?」

「はあ?」

「はあって、とにかくどこの人か教えてほしいな」

「そうですね。先生も知っている人ですよ」

「え? 誰だ。誰だ。テレビによく出ている人か?」

「そんなわけないでしょう」

「じゃ誰なんだ」

「いいじゃない。顔が熱くなってきちゃった」

「教えろよ。じゃないとさらに飲ませるぞ」

「……しょうがないな。ヒントは先生の教え子の一人です」

「え？　何？　……」

しばらく恩師は考え込んだ。

「おい、もしかしてこの中にいるのかな？」

「エヘ」

「えっ」

「あそこで片膝立てて、タバコ吸って、たぶん『青春とは』とか語っているやつ」

「え？　宏か？　何そうか」

「大きな声を出さないでくださいよ」

「お前ら、いつからそうなったんだ？」

「え、高校の時からよ」

「何」

思わず恩師は大きな声を出してしまった。

「知らなかったんですか？」

「知らなかったよ。あいつサッカー一筋で青春していたと思ったのに、こっちの方も青春していたのか。まったくもう。俺の知らないところでお前ら、いいことしていたんだな。いやらしい。許さん」

「それじゃまるでただのすけべおやじですよ。それにもう時効、時効。気にしない、気にしない」

「まあしょうがねえな。まあいいや。それで今は順調なのか？」

「はい。順調は順調なんですが」

「もう具体的に結婚の話は出ているのか？」

「ええ。彼はそう考えているみたいですけれど」

「けれど、なんだ」

「私の方が本当にこれでいいのかと迷っています」

「これでいいのかと言うのは？」

「高校からずっと付き合っているからなんか本当に彼のことが好きかどうか分からないの」

「そうか、そうだな。お前たちはずっとこの地元にいるからな。よく考えれば長いもんな」

「どうしたらいいのかな？」

「少しは悩んでいるのか？」

「うん。本当は結構ね」

「そうか」

「本当にどうしたらいいのかなあ？」

「……まあ飲めや」

「あ、はい」

しばらくたって恩師は諭すように優しい言葉をかけた。

「大丈夫だよ。心配しなくていい。必ず時が解決してくれるさ」

「そうですか」

「今のまま焦らず、自然体でいなさい」

「はい」


次の日曜日のことだった。

「綺麗な夕焼け」

「ほんと綺麗な海と綺麗な夕焼け」

「こんな田舎にはあまり人も訪れないから砂浜も汚れてないし」

「いいとこだよね。同級生の多くは都会に出て働いているけれど、俺とお前は運良く地元で就職することができた。だからこういう自然に囲まれていられることもそうだが、会いたい時にはいつでも会える。幸せと思わないといけないなあ」

「……そうね」

「どうしたんだ？　小さな声で」

「うん、別に」

「都会に就職する方がよかったのか？　別な夢でもあったのか？」

「違うの」

「じゃ、なに？」

「なんでもない。いつもそばにいれてよかったねって思ってるの」

「変だな。ま、いいや。ところで、これからもずっとそばにいれたらいいと思う？」

「え？　突然なに？」

しばし沈黙が続いた。

ザー、パチパチパチ。

「わあ、綺麗な花火。誰か砂浜でやっているんだね。暗くなってきたから私たちもやろう」

「……うん」

パチパチパチ、ザー。

夜空に大輪の花が次々に咲いては散っていく。

「わー、すごい。すごい」


二ヶ月後のある日、宏は課長から声をかけられた。

「田村君。ちょっといいかね」

「あ、はい」

「私といっしょにちょっと社長室へ。社長がお呼びだ」

「はい？」

課長が社長室のドアをノックする。

「どうぞ入りたまえ」

「失礼します」

「おう田村君。まあ掛けたまえ。急に呼び出してすまんね」

「とんでもございません」

「最近、調子はどうかね？」

「私なりにがんばっているつもりですが」

「うん。その話は課長から聞いている。君の活躍は目を見張るほどだと。ハハハハ」

心の中で田村はつぶやいた。

(なんか気持ち悪いな。いつも厳しく、社員を誉めたことなどないくせに。いやな予感がするなあ)

「そこでだ。是非とも優秀な君にこそ聞いてほしい話があるんだ」

「はあ？　何でしょうか」

「我が社は、その創業当初から、地域の人を愛し、地域の人を大切にということで、地域密着型の事業展開を図ってきた。おかげで、地域の方々から絶大な信頼を頂き、地域の……、失礼、くどすぎた。ということで、今までは地元での強固な基盤づくりを目指してきたわけだが、このご時世に至り、そのようなのんきなことは言ってられなくなったのだ。

要するに、これからは需要を自らの手で創出していかなくてはいけなくなったのだ。つまり積極的に市場を開拓していくことになった。というわけで、ここまで話せば優秀な君なら分かるだろう。つまり我が社も都市部への進出を果たす。そして将来的には安い労働力を求めて海外への進出も考えている。そこでだ。ここから本論だが、是非君にその任務の一翼を担ってほしい。サッカーで鍛えたフットワークの良さで新たなる市場を開拓してきてほしいのだ。大変な苦労だとは思うが、君しかいない。君に期待しているんだ。もちろん成功のあかつきにはそれ相応のポストを用意しておくつもりだ。君は選ばれたのだ。その自覚を持って是非トライしてほしい。どうかね？」

「はあ？」

「社長がここまで言ってくださるんだ。是非受けるべきだと思うがね」と課長が口をはさむ。

「まあ、いい。君にとっても突然のことだからね。一週間待とう。それまでに返事をくれないか」

「田村君。普通なら『行け』の一言だぞ。社長は君のことを気遣ってくれている。都市部への展開など社員だれもが想像つかないことだからな」

三日後の夜、田村は彼女に事情を説明し、相談をもちかけた。

「ということなんだ」

「で、あなたはどうしたいの？」

「あれから夜も寝られずに考えたけれど。せっかくのチャンスだし、トライしてみたいと思う」

「トライするのはいいけれど、じゃあいつこっちに戻って来れるの？」

「分からない」

「分からないって。じゃ私たちどうなるの？」

「それで……」

「えっ？」

「いろいろ考えたんだけれど。もう俺たちも長いしな。このへんで決まりつけないか？」

「どういうこと？」

「いっしょに来てくれないかって言ってるんだよ」

「突然に何よ」

「いやなのか」

「そうじゃないけど……」

（しばらくの沈黙）

「もう一度言う。いつ帰ってこられるか分からない。だからいっしょに……」

「お願い。少し考えさせて……」

一週間の期日が来た。

「先生。こういうことになっちゃったの」

「そうか、それは良かった」

「何言ってるんですか。全然良くないじゃないですか。いつ帰ってくるか分からないんですよ」

「それでお前はどうするんだ？」

「かなり悩んだのですが、やっぱり彼に付いていくことに決めました。彼とは離れられないことが分かったんです」

「ほれみろ良かったじゃないか。結婚に踏みきることができたんだろう」

「ええ、まあ」

「本当に好きかどうかは、二人の間に壁や障害ができた時、初めて分かるものなんだ。そこで諦めるのか、いや逆にその壁を乗り越えて行こうとするのか、乗り越えて行こうとした時に本当に好きだったんだと気がつくんだよ。これは自分の夢に対する気持ちもいっしょで、どれほどの憧れがあるのかは、その時に分かるのさ」

「そうでしたね。先生って、やっぱり先生でしたね。感心しちゃった。ありがとうございました。単なるすけべおやじでなくてよかった」

「なにい。ひどいことを言うなあ」

「あ、いや。ハハハハ」

至宝商事

「こんにちは」

「はい、どちら様ですか？」

「先日このお近くにオープンいたしました至宝商事と申します。開店のごあいさつにお伺いしました。お忙しいところ、申し訳ありませんが、ちょっとお時間を頂けませんか」

「はあ？」

「当社はテレビの広告でもご存じだと思いますが、その店舗は日本に限らず、全世界に広がっています。なぜこんなに拡張できたかと申しますと、それはお客様のニーズに百パーセント応《こた》えるためにいかなる労力をも惜しまない点にあります。例えば世界最高の宝石を手にしたいとおっしゃるならば、世界中の支社に探させ、必ずやお気に召す宝石を手にして頂けます。そして、お気に召したと思われる分だけ代金を支払って頂けば結構です」

「はあ？」

「当社はお客様の一番大切なもの、つまりお心を頂きたいのです。お金ではありません。お客さまに真なる満足感を味わって頂くことに使命とプライドをかけているのです。そうです、幸せを感じて頂けることにです。そしてこのたび白羽の矢が立ったのは、あなた様です。あなた様を幸せにして差し上げたく本日ここにお伺いしたというわけです」

「なぜ私を幸せにとお考えになったのです？」

「失礼ながら、あなた様のお住いのこの傾きそうなアパートを見れば、これはお金もなく、決して幸せではないというのが明らかです。そのような方にこそ、今までに味わったことのない満足感を覚えて頂くことができると思ったのです。それが当社の喜びなんです。こんないい話はないでしょう。さあ何があれば幸せになれますか？　話してください」

「あなたのおっしゃるように確かにお金もなく幸せには見えないでしょうね、私もこのようになるとは夢にも思っていませんでした。一流の大学を卒業し、一流の会社に就職し、何もかもが順調でした。それがあの日を境にして、すべてが変わったのです。

　ある夏の日、たまたま都会から帰省して母校の校庭に立ち寄った時でした。『カーン、カーン』という懐かしい音が聞こえてきました。後輩の球児たちがバッティング練習をしている音でした。私は思わずその方に足が向いてしまいました。昔の自分を思い出していたのです。そしてふと見ると練習を見守っているのは、私の高校時代と同じ監督だったのです。私はずうずうしくも監督に声をかけました。

「監督、お久しぶりです。お元気ですか？」

「おお？　うん？　田村か？」

「はい、そうです。ご無沙汰しております」

「おお、ちょうどいい。ちょっと後輩をしぼってくれないか」

「ちょっと待ってくださいよ。何年もボールやバットに触ってないのですよ」

「まあ、いいじゃないか」

あまり熱心に誘ってくれるので、日ごろの運動不足もあり、やってみるかと思いたち、とりあえずノックを始めました。すると後輩たちは、こんな私のノックのボールにもがむしゃらに飛びついてきました。一本たりとも逃してたまるかといった具合です。ひたむきにボールを追い求めるその瞳は爛々と輝いて澄み切っていました。私は体が震えました。これだと思いました。

その当時、私は入社十年目に達したぐらいの時でした。なんとなく仕事に満足が得られず、まあ、最初からこの仕事をやりたいと思っていたわけでもないのですけどね。ただ安定して給料もいいという理由で選んだこともありまして、毎日がやりきれませんでした。しかし会社を辞める勇気もなく、ただ惰性に流されて、その日を過ごしていました。

このままで本当にいいのか？　このままで一生終わっていいのか？　これは真の自分ではない。しかし、じっとしてエリート街道を歩んでいれば、将来もお金には不自由しないだろう。でも何かが違う。そんな心の葛藤を抱いていた時だったのでした。

私は後輩たちを見て思いました。私が求めていたものは、実は若かりし頃の自分そのものだったのだと。今ひたむきにボールを追う後輩たち。その澄み切った瞳こそ、私が求めていたものだったのだと。彼らといっしょにいたい。昔の自分にもどりたい。彼らといっしょにいる自分が本当の自分なんだと。

私は数日後に何のためらいもなく会社を辞め、田舎に帰ってきました。そして思い切って比較的時間の自由になる会社に転職し、後輩たちの指導をさせて頂くことになりました。ただし給料の少ない会社に転職したので、このようなありさまで、質素な生活をしているのです。

えーと長くなっちゃいましたが、何か幸せになれるものを注文するんでしたね」

「はあ？」

「えーとそうですね……」

「いやありがとうございました。もう結構でございます。お邪魔しました」

「はあ？　まだ何も注文していませんが」

「もうあなたは十分に幸せでいらっしゃる。これさえあれば幸せになれるというものをお持ちでいらっしゃる。それはひたむきな後輩たちの瞳、そしてそのことをお話しになっているあなた自身の輝く瞳です。この輝きはいかなる宝石もおよびません。いくら世界に支社をもつ当社としても、そのようなものに匹敵するものをご用意できません。当社とてプライドがあります。二番目に心を奪えるような品などご用意いたしません。私の見込み違いでした。未熟でした。今お持ちの宝物をこれからも大切になさってください。それでは失礼いたします」

第二部　日常からのエッセー集

巨人軍の四番だからスランプが長い

よくスポーツの世界には、スランプという厄介なものがみかけられます。特に身近に感じるのはプロ野球界で、昨年は○○、今年は○○と、毎年のように入れ替わり立ち替わり、そのようなことが起こっています。この二人に共通しているのは、いずれもかなり長い期間その状態から抜け出せなかったこと、元を正せば、主因は二人とも巨人軍のスタープレーヤーだということでしょう。

風邪をひいたからとて、スランプに陥ったからとて、スタープレーヤーはそう簡単には休めません。なぜならばファンというものは、自分のお気に入りのチームの勝利を期待して球場に足を運ぶだけでなく、お目当ての選手そのものを見に来ているからです。当り前のことですが、高い金を払ってです。そうなれば巨人の選手はなおさら休めないでしょう。他のチームよりあれだけ熱心なファンが多いのですから。

私はこれがスランプからなかなか脱出できない最大の要因だと思っています。スランプからの脱出方法は、まず悪い状態のイメージを一切消去することから始めなくてはいけません。悪いイメージを頭から一掃しない限り、前にはなかなか進めません。調子の悪い時、そして迷っている状態で試合に出れば、さらに悪い結果しか残せません。失敗が失敗を呼び、どんどん自信がなくなっていくのです。何をやっても失敗するような感じがして、悪循環の繰り返しになり、どん底に陥ってしまいます。

そして最後に行き着くところは、迷いの世界です。どこが悪いのかといろいろ考えてフォームをいじり、その改造フォームでもすぐに結果が出ないと、また以前のフォームに戻したらどうかとか、あれこれと考えてしまいます。それは元のフォームでうまくいった時のイメージがあるからなのですが……。もうこうなったら救いようがありません。アリ地獄です。ノイローゼです。どうしていいのか全く分からなくなります。これがスランプというものを長期化させるメカニズムそのものです。

では、どうしたらそのようなことにならないで済むのでしょうか。一番大切な点は、そうなる前に全てをクリアにすること、つまり悪いイメージの一掃に尽きます。要は心身を休ませることです。休息が最短のスランプ脱出方法と言えます。巨人の四番も人の子、スタープレーヤーもやはり普通の人間です。まずは試合から、そして野球から離れることです。巨人の四番が試合から離れれば、それこそ大きな話題になるでしょうが、しかしそれは一時のことで、また復帰して活躍すればいいではないですか。大切なことは休むという勇気ある英断を下せるかどうかでしょう。

皆がスタープレーヤーの活躍を期待しているのです。調子の悪い四番を見て家路に就いたところで、どうして満足できるでしょうか。心底、満足するのは姿そのものを見てではなく、活躍する姿を見てのことです。ここを間違えないでください。よく年配の方々の中には、スランプから抜け出すには練習するしかないと主張する方がいらっしゃいますが、それは間違いです。まずは一旦すべてをクリアにし、悪いイメージを取り除いた後に練習すべきです。最近、イメージトレーニングの重要性がさかんに叫ばれていますが、それは頭の中に良いイメージを充満させることが、いかに大切かを物語っています。

私たち誰しもがスランプというものに遭遇します。極力、早く抜け出したいものです。そうするためにも、まず休んでください。気にかかるものから離れてみてください。一旦頭をクリアにニュートラルな状態に戻し、それから調子が落ちてしまった根本の問題を分析し、対処方法を考えるようにしてください。しかめっ面を続けるより、一旦悲壮感を取り除いて一歩前にステップすることを考えてみるのはいかがでしょう。

お涙ちょうだいは破滅のはじまり

これは私自身にも言い聞かせていることなのですが、仕事でも趣味の世界でもよくあるケースですけれど、自分の実力が到底及ばない、自分には壁が高すぎると感じる時があります。その環境から逃れられればいいのです。しかし逃れられずに、その組織の人たちとうまくやっていかなければならない場合、人びとは良い子になろう、何とか周りの人間から嫌われないようにしようと努めるものです。仕事はできないのだけれど、嫌われたくない、はじき出されたくない思いで……。

そういう状態に陥った時、自分の中ではそれなりにプライドが高いはずですが、例えば社内の清掃などみんなが最も手を出したくないようなことを積極的にやってみたりします。「あいつは仕事はできないけれど、みんなのためによくやっている」とか「誠意はあるから」とか、そのように他人に良く思われるのを狙って。こういう処方を「お涙ちょうだい的生き方」と言っていいでしょう。そして運よくその「お涙ちょうだい攻撃」が実を結び、一見周りの人たちに受け入れられるようになり、自分のポジションを掴んだとします。そして心の中では、うまくいった、こうしていけば仕事ができなくても、努力しなくても、やっていける、と安堵するでしょう。

しかし、本当にそれで自分の心が満足しているのでしょうか。周りの人もこの人がいて良かったと思っているのでしょうか。私は満足などするわけがないと思っています。満足ではなく、それは一瞬の安らぎに過ぎません。周りも心から受け入れてなどいないのです。仕事ができない人を長期間受け入れられるほど、今の社会にはゆとりがないのです。リストラが横行しているこの時代、できるだけ人件費を減らし少数精鋭で経営をしていこうと各社模索している中で「お涙ちょうだい的生き方」など通用するわけがありません。「すみません」はいいから、誠意はいいから、仕事してくれよみたいな気持ちを職場の人は抱いているはずです。

「お涙ちょうだい的生き方」にエネルギーを費やす暇があったら、まずは仕事ができるように努力することです。頭からそういう生き方を排除してください。どうして私がそこまで断言するのかと言えば、「お涙ちょうだい」には恐ろしい結末が待っているからなのです。その生き方が、たとえ一瞬受け入れられたとしても、決して本人のためにはなってはいません。つまり何も本質的な解決につながっていないため、常に周りの目を気にするようになります。何か周りに言われているのではないか、あした馘首《くび》になるのではないかと戦々兢々です。いつもこのような恐怖に襲われ、もしそれが現実に起こり、職を失って次の職場を見つけることになったとしましょう。しかし次のところでも、またそのような生き方を選ぶことになるでしょう。

「お涙ちょうだい」は、目の前の厳しい現実から逃避した姿そのものなのです。厳しい壁を乗り越えていないため何の自信もついておらず、またこの生き方は先述したように一瞬のやすらぎ、安堵感を与えるため何回もその場しのぎの対応を引き起こす可能性を含んでいます。そういうことを何回も繰り返すと最悪の状態（自殺）までも引き起こしかねません。恐ろしいことです。

今、自分が厳しい現実の立場に置かれ、もしそういう根本の原因を取り除かない生き方を選びそうになったら、なんとか立ち止まって、その壁を乗り越えることだけに専心してください。仕事は誠意が第一だ。周りとうまくやっていくには誠意さえあればいい。それらの考え方は大きな間違いです。仕事ができた上ではじめて認められ、周りとうまくやっていけるのです。誠意も確かに大切なれど、努力もせずに安直な誠意に走るのは逃げているに過ぎないのです。この事実を忘れないでください。

心穏やかに過ごすために

しばしばこういうことがありませんか？　相手に対して一生懸命力を尽してあげたのだけれど、相手はそれほどありがたみを感じていなかったような時。この会社のために精一杯仕事をしたつもりなのに、上司や同僚からそれほど評価を得られなかった時。頭にきますよね。しかし私はある経験を積んだことにより、このようなケースに関して少し考え方を変えることができるようになりました。

それは学習塾での経験です。教員を志望していた私は実践経験を積むため学習塾の教壇に立ちました。どのようにしたら生徒たちにうまく分かりやすく教えることができるか？どうしたら生徒たちの心を捕らえ、敬われるような先生になれるかと必死でした。毎晩遅くまで授業の進め方を考えたり悩んだり、自分なりに努力したつもりでした。

その結果、確かに何人かの生徒は心を開いてくれました。そして先生の授業は分かりやすいとまで言ってくれました。しかしそれとは反対に何人かの生徒はあくびはするは、居眠りはするは、あげくの果てにマンガ本を読み始める悲惨な状況でした。

一度きりならともかく次に教壇に立った塾でも同じ現象が起こりました。その時ふと、気づいたのです。自分が十の力を出しても相手に通じるのは七ぐらいだ、悪ければ五ぐらいかもしれないと。しかもそれが常のことなのだと。全ての人間とうまくやっていけることが稀なように、全ての人間が自分を正当に評価することなど、あり得ないのです。がんばったことによってめざましい結果が出ても、それを素直に喜んでくれる人もいれば、逆にそれを妬む人もいるでしょう。全ての人にいい顔をしようとしても所詮無理なことなのです。こう考えた時に気持ちが楽になりました。

野村克也元監督の言葉が忘れられません。現役時代に自分が解雇された折、自分に対する評価はこんなものだったのかと嘆いていました。今までチームのためにどれだけ働き、どれだけ目に見える形での結果を、つまりタイトルを残してきたのにこの結果は何だと。でも現実は冷酷です。頭にくるよりそれが普通だと思った方が良いのではないでしょうか?

自分への評価が自分にとっては満足いかなくても、そういうことも時にはあるのさと受け流し、心穏やかに過ごすことをお勧めします。そうすれば過度に相手に期待しませんし、相手に裏切られても、そういうこともあるさと最初から心構えがあれば、それほどショックも受けずに過ごすことができます。あの人にこんなに良くしてあげたのに〝なんだ〟なんて思わないでください。相手に評価されたら運が良かったのだ、ラッキーだぐらいに思う方が賢明です。

心穏やかに過ごすことをお勧めします。

ちゃんと誉めてあげる

最近物騒な事件が起きていますね。よく聞くのは弱年者の非行事件で、特に「十七歳の少年が……」という条《くだり》をよく耳にします。そして彼らが事件を引き起こした理由は、いらいらしていたからとか、目立ちたかったとか、何か欲求の捌《は》け口のために行ったという感があります。

どうしてそんなにいらいらしているのでしょうか？　その原因は様々だとは思いますが、少なからず、自分の存在が他から認められていないという心のわだかまりが、そのような事件を引き起こしてしまうのではないでしょうか？

これは大人の世界でも同様で、自分が思っているほど周りから認められていないと不満を感じるのと一緒です。人間は元来、自分という存在が周りから認められないと、いらだつ習性を持っているのかもしれません。それゆえ、逆に他の人が周りから認められたりすると、ねたみ・そねみという感情が自然に引き起こされてしまうものなのです。本当に困ったものです。

しかし、ここで発想を転換してみてはどうでしょうか？　つまり、その人間の存在をきちんと認めてあげれば、その人間の感情を穏やかにコントロールできることになるというわけです。要は相手を誉めてあげることです。誉めることは相手を認める行為であり、相手との距離を縮め、良き対人関係を築く潤滑油にもなります。

子供の才能や個性を伸ばす一つの手段として、小さなことでも誉めてあげることが大切だと考えます。誉めることにはその子をその気にさせる効果があり、自分はできるんだ、自分はすごいんだ、そしてまた誉めてもらいたい、そのためにもう一度がんばろうという気持ちを引き起こします。

若年者が非行を起こす原因は、何もその少年だけの問題ではありません。親をはじめ周りの人間が、その子に対してマインドコントロールをいかにうまく行えるかにもかかっています。

誉めることは、怒ることよりも難しいのです。怒ることは感情をそのままストレートに相手に振り向ければいいことです。誉めるということは自然の感情でできることでもありますが、照れくさい感覚が先立ち、なかなか素直に表現できないものです。しかし、それではダメです。悪いことをした時にちゃんと叱るのと同様に、いいことをした時にもちゃんと誉めてあげることが何よりも大切でしょう。

昔のがんこ親父と呼ばれる方たちの中には、そんなことは照れくさくてできるものかと思われる方もいらっしゃると思います。しかし一歩高い所に立って、子供を包んであげるという寛大な姿勢が必要です。怒りだけが、決して親の威厳を示すものではありません。怒ることも含め、時には子供の心を察し、きちんと誉めてあげるなど、大きな度量で的確にその子をコントロールしてあげることが、何よりも親の威厳や力量を示すものなのです。

六のことは六で片づける

仕事でもなんでもいいのですが、とにかく自分が中心になって何かを成し遂げなくてはならない時、私のような田舎者はあらゆることを想定して準備万端に整えないと、どうも心配でたまりません。時にはこういうことも起きるのではないかと思いを巡らし、なかなか眠れない夜もあります。行き当たりばったりで何とかなるさという生き方ができれば、こんなに楽なことはないと思うのですが……。一言で言えば心配性なんです。

しかし私が言うのもなんですが、準備万端でなければという生き方は、決していいものとは思えません。つまり六しか実際起きないのに、十のことが起きても大丈夫なように想定していれば、実際に起きなかった四のことに関してはムダな力を傾けていたというわけです。もちろん偶然に偶然が重なって十のことが起きるかもしれません。しかし、どうでしょう。考えつくようなすべての現象を十とした場合、やはり実際は六ぐらいしか起きないのが現実ではないでしょうか。心配性であっても、もちろん物事はだいたいは無事に終了するのですが、しかしそれが終わったら、もうすべての力を出し尽くしてぐったりしてしまい、すぐに次には進めなかったりもします。

そう考えると結果的に六しか起きなかったことに関しては、六の力で片づけた人間の方が有能だと言えるかもしれません。しかし、これから起きることに対して果たしていくつの力を傾ければいいのかなんて、誰が予想できるでしょうか？　確かにそうです。ですから起こり得ることに備えてすべてを準備万端に整えるのでなく、やはりある程度は、特に可能性が少ないと思われることに対しては、起きたらその時に対処するくらいに開き直るほうが賢明かと思います。また今からやらなければならないことも、ある程度の失敗があってもそれほど大きな事態に至らないと判断されるものならば、最初からそれほど力を入れて取り組まないほうが、要領がいいということになります。

なんでもかんでも十の力でことに当たる姿勢は、一見よくやっているように見られがちですが、それは決していいことではありません。よく現状を把握し、またこれから起こり得る事態の大小を正確に認識し、場合によっては、臨機応変に力を抜くことも大切です。ムダな力をかけず、ここぞという時のために余力を残している人間のほうがよほど有能ではありませんか。ボクシングで言えば、常にパンチを繰り出しているより、時を見計らって的確に相手にパンチを当てるほうが、勝利をつかむ可能性が高い。これと一緒です。

世の中すべてが合理主義で片づけられるものではないのですが、時には合理的観点から物事を捉えられるように、日頃から眼力や判断力等を養っていたいものです。

人目を気にしていましょう

芸能人の方って若々しいですね。皆さん実際の年齢より十歳、いや中には二十歳も若く見える方もいらっしゃいますよね。どうしてそんなに若く見えるのでしょうか。うらやましい限りです。秘訣があれば、ぜひ私にも教えていただきたいものですが、ただ私もなんとなくこういうわけではないだろうかと推察できるものがあります。

その若さの秘訣は、やはりいつも「人目を気にしていること」ではないでしょうか？舞台から見ているお客様の視線。はたまたブラウン管を通して感じる視聴者の目。あらゆる時とところから視線を浴びる機会の多いのが芸能人です。ひとつひとつの行動・発言が注目され、気苦労が多く大変だと思いますが、逆に注目され、時にはもてはやされることが、何よりもその方の生活の張りに結びついているのではないでしょうか。見られているから良く見られたい。（また芸能人の方は売れないと困ります。死活問題から、おのずと一般人とは意気込みが違ってくるのですが……）見ている人に好感をもって見られたい。

そう望むのは芸能人と言わず普通の人間だと思います。

　では逆に言うと、人に見られてなければ、あるいは人目を気にしなければ、自分が相手にどのように見られていても気にならないということにもなります。これは気が楽ですよね。いつも自分の世界でいられるのですから。極端に言えば、朝起きた状態（パジャマ姿）で一日を過ごし、そのまま眠りにつくことができるのですから。この社会で生きている人間は、ほとんどが組織の中、そしてさまざまな人間関係の中で揉まれて暮しています。そういう人間にとって、人の目を気にしないでいられる状態は本当にうらやましく、憧れにも近いものがあるのでしょう。

　しかし、本当にそれで良いのでしょうか？

「あの人、結婚したら急に太っちゃった」とか「あの人、退職して家に入ったら、急に老け込んじゃった」とかそんなふうに言われたくないですよね。身を固めてからでも異性にもてでもうひと花咲かせたいなど、そこまでの極端な発想はいかがかとは思いますが、少なくとも、歳をとってからも周りの人から若く見られたいものです。少しは部下の異性から憧れまじりの視線で見られたいなど、そのぐらいのちょっとしたかわいいすけべ心があるほうが、かえっていいのではないでしょうか。

父親参観日に「お父さんにぜひ見にきてほしい」なんて子供に言われたり、歳をとってからも「うちのおじいちゃんて、かわいいの」なんて孫に言われたら本当にうれしいですよね。人目を気にすることは、一見、聞こえはよくないかもしれません。しかし若さを保持する秘訣としては欠かせないものではないでしょうか？

歳を受け入れての美

年齢を増すと肌の張りがなくなり、しわが増え、さらにはくすみとかも出てくるようになりますよね。これを直すためにその部分に注射などをして肌の張りをとり戻し、見た目の若返りを図ろうとする方もいらっしゃいます。しかしこれは一回に結構高額な費用がかかり、しかもひと月に一回とかふた月に一回とかのペースで行われなければ効果がないと聞いています。ということは一般の庶民には到底手の届かない話であって、結局は歳を受け入れるしかないようです。つまり「歳には勝てない」ということになるわけです。

しかし、根本になるものは直せないけれど、それを何とかカムフラージュできないかと考えるのが人間の性《さが》です。特に女性の方には切なる願いらしいのですが、その結果、周りにあるもので、なんとかしようと試みるわけです。つまり髪型とか化粧とか服装などで若く見せようとするわけです。時にはかつらを付けたり、化粧を厚くしたり、派手な服装をしたり等、さまざまな工夫をされている方もいらっしゃいます。

これは、いつまでも若くありたいとの願いから、人生を前向きに生きようとしていることの証《あかし》で、またこういう方の多くは健康面でも節制等を重ね、身も心も溌剌とされ、社交性もあり、それこそ活き活きとした人生を送っておられると推察されます。歳をとったからと家に引きこもりがちになってしまうことよりも、ずっとすばらしいと思われます。

私もぜひ後々はそのような方たちの仲間入りができるようになりたいものです。ただここであくまでも私の見方、好みも含んだ上でのことですが、そういう方たちの中には、ふと「うーん？」と首をかしげ絶句してしまう方にも出くわします。もとをなす顔・腕・手などはあきらかに実年齢を現わしているのに、化粧や服装は原色そのもの。髪型も、服装も、さながら二十代の女性や宝塚歌劇の方が着こなすような、あきらかにその人にとっては「浮いている」という表現をしたくなるようなものを召される方もいらっしゃいます。

若く見せようとする気持ちは分かるのですが、逆に目を覆いたくなり、お世辞でもすばらしいとは言い難いのは、いかがでしょうか。化粧も服装もある程度は歳相応のものにし、その中から輝きを放つという考え方も良いのではないでしょうか。

歳をとることは、決してデメリットだけではありません。その人が長年培ってきた含蓄ある見識や経験から、若い人にはない奥ゆかしさを醸し出すことができます。そういったメリットを積極的に利用することです。

「あの方は歳をとっているからすばらしい。すてきに歳をとっていらっしゃる。ナイスミドル」といった表現での賞賛がこれに当たります。ただここで間違えていただきたくないのは、じゃあ歳＝地味な服を着ることですねと言っているのではなく、それ相応のシックなそしてセンスのある服装を着こなす方がすばらしいのでは……と言っていることです。

歳をとることにただ反発するのではなく、それだからこそ表現できる輝きを大切にすることで、「この人はすてき・すばらしい・前向き＝なんか若いなあ」と逆に周りの人に感心させることができるかもしれません。

原石は輝いている

自分をアピールすることがうまかったり、はったりで生きられる人って羨ましいですよね。自分の持てる力以上のものを周りの人に感じさせることができるわけですから。ただ残念ながら私はどうもこういうことが苦手で、口べたというか何というか、自分でも損をしていると思っているのですが……。

ただしかし、これだけは分かります。それは、やはりこの両方の力だけで世の中を渡っていくには限界があるということです。

基になる才能がないのに、はったりで相手にアピールしても所詮は見抜かれてしまいます。自信は自然体から生まれるもの。蓄えられた力はその人の発言・行動の節々にその姿を表し、自然な形で相手に伝わっていきます。

日々の努力が、その人の才能を輝きに変え、周りの人そしてやがて遠くにいる人にまで、その輝きを届けることになるでしょう。

ごろごろ転がっている石の塊の中にあって、石と石が重なり合い、その石の表面の何分の一しか人目にさらされていない状態であっても、やがてその石が輝き始めれば、必ずや通りすがりの人の目にも触れ、手を差し伸べてもらうことができるでしょう。

特に不景気が続くこのご時世、世の中が暗くなればなるほど、その輝きはさらに増し、人の目に留まる可能性がより高くなるというものです。

世に出るために自分をアピールすることは確かに大切だと思いますが、ただアピールばかりに気をとられるのでなく、日々黙々と自分を磨き続けていくほうが、世に出るためにはよほど近道のような気がします。

その辺の石ころが高価なダイヤモンドの原石に変わった時、人はこぞって手を差し伸べるでしょう。焦らず慌てず自分を磨き続けていくことが何より肝要です。

著者プロフィール
田尻 智幸（たじり ともゆき）
昭和37年、長野県生まれ。
法政大学卒。

読んでください ～癒しの空間・情景～

2003年7月15日 初版第1刷発行

著 者 田尻 智幸
発行者 瓜谷 綱延
発行所 株式会社文芸社
〒160-0022 東京都新宿区新宿1－10－1
電話 03-5369-3060（編集）
03-5369-2299（販売）
振替 00190-8-728265

印刷所 株式会社ユニックス

ISBN4-8355-5981-9 C0095